COLLECTION FOLIO

# Georges Simenon

# L'énigme de la
# de la
# *Marie-Galante*

Gallimard

Cette nouvelle est extraite du recueil *Les sept minutes* (Folio n° 1428).

Georges Simenon naît à Liège le 13 février 1903.

Après des études chez les jésuites, il devient, en 1919, apprenti pâtissier, puis commis de librairie, et enfin reporter et billettiste à *La Gazette de Liège*. Il publie en souscription son premier roman, *Au pont des Arches*, en 1921 et quitte Liège pour Paris. Il se marie en 1923 avec « Tigy », et fait paraître des contes et des nouvelles dans plusieurs journaux. *Le roman d'une dactylo*, son premier roman « populaire » paraît en 1924, sous un pseudonyme. Jusqu'en 1930, il publie contes, nouvelles, romans chez différents éditeurs. En 1931, le commissaire Maigret commence ses enquêtes... On tourne les premiers films adaptés de l'œuvre de Georges Simenon. Il alterne romans, voyages et reportages, et quitte son éditeur Fayard pour les Éditions Gallimard où il rencontre André Gide. Durant la guerre, il est responsable des réfugiés belges à La Rochelle et vit en Vendée. En 1945, il émigre aux États-Unis. Après avoir divorcé et s'être remarié avec Denise Ouimet, il rentre en Europe et s'installe définitivement en Suisse. Parmi ses romans les plus célèbres, *Les demoiselles de Concarneau* raconte l'histoire d'un mensonge dans un climat familial pesant; *Le bourgmestre de Furnes*, portrait d'un homme sûr de lui, que le doute n'effleure pas, jusqu'au jour où il rencontre la passion... Dans *Les inconnus dans la maison*, un avocat veuf et réfugié dans l'alcool voit sa vie basculer lorsqu'il trouve un cadavre chez lui. *La vérité sur Bébé Donge* explore la faillite d'un couple qui mène au meurtre. Adapté au cinéma avec Simone Signoret et Alain Delon, *La veuve Couderc* est l'histoire simple d'une jalousie morbide. La publication de ses œuvres complètes (72 volumes !) commence en 1967. Cinq ans plus tard, il annonce officiellement sa décision de ne plus écrire de romans.

Georges Simenon meurt à Lausanne en 1989.

Personnage excessif, écrivain de génie, père du célèbre Maigret et d'une importante œuvre romanesque, Simenon restera l'un des romanciers majeurs de ce siècle.

*Pour en savoir plus sur Georges Simenon et son œuvre :*

# I

## *La goélette sans maître*

Tandis que nous dépassions l'octroi de Fécamp dans son tacot, G. 7 était plus ému qu'il ne voulait le laisser paraître.

— Je me réjouis de voir la tête de mon premier client! m'avait-il dit plusieurs fois en plaisantant.

Car il allait faire ses débuts de détective privé. Il venait de quitter la Police Judiciaire. Il avait loué un petit bureau rue de Berry et envoyé par toute la France quelques milliers de circulaires.

La veille j'avais reçu un coup de téléphone :

— Tu es libre pour une balade à Fécamp?

Nous étions au début de septembre. Le temps était splendide. C'était la première fois que je voyais le port de pêche sans pluie.

— Tu connais la ville? demanda-t-il comme nous passions place de l'hôtel de ville. Le quai des Belges...

— À droite... C'est juste en face du bassin...

Quelques baigneurs en pantalon blanc se

mêlaient encore à la population. On voyait la mer, très bleue, très plate, au-delà des jetées.

— *Morineau, armateur...* C'est ici ! dit-il en lisant une plaque de cuivre et en arrêtant sa 5 C.V. qui attira aussitôt quelques gamins.

Il était gai. Je le trouvais rajeuni.

Nous entrâmes dans un petit bureau où une vieille fille sèche et un employé rond comme une bille passaient leur vie dans une lumière d'aquarium.

Quel besoin ont certaines gens de mettre des glaces vertes aux fenêtres ? Je n'en sais rien. Mais ce vert marié au vert des cartonniers couvrant les murs et au vert sombre du tapis recouvrant la table donnait littéralement le vertige.

Les yeux de G. 7 riaient en regardant les deux spécimens de la faune provinciale que nous avions devant nous.

— M. Morineau, s'il vous plaît ?

— De quoi s'agit-il ?

— Vous êtes M. Morineau ?

Il demandait cela froidement à la vieille fille qui le questionnait.

— Je suis sa secrétaire. M. Morineau est très occupé en ce moment...

— Eh bien ! dites-lui que c'est précisément moi qu'il attend.

— Vous êtes détective ?

Brrr ! Et dire que toute la maison devait être comme cela, y compris l'appartement privé de ce M. Morineau qui était pourtant riche à millions! Et que tout le quai ne valait pas mieux! Des tentures sombres. Des tapis de teintes aussi neutres que possible. Et des vitraux par surcroît pour chasser sans retour la gaieté d'un rayon de soleil.

Bien la peine d'avoir des bateaux sur l'eau pour se confiner dans une pareille atmosphère.

On entend chuchoter dans la pièce voisine. La porte s'ouvre, M. Morineau nous fait signe d'entrer.

Il a une calvitie. Il porte des vêtements noirs trop larges pour lui et un faux col en celluloïd.

— Monsieur G. 7?... Et monsieur est un de vos collaborateurs, sans doute?...

— C'est cela même! me hâté-je de dire afin de donner quelque lustre à mon ami.

— Eh bien! messieurs, lorsque je vous ai écrit, je ne me doutais pas que l'affaire était d'une pareille gravité! Une gravité exceptionnelle! Vous m'entendez : exceptionnelle!... Et, à l'heure qu'il est, le Parquet est bel et bien sur les lieux...

Un coup de coupe-papier sur la table pour souligner cette déclaration catégorique.

— Je suppose que vous avez entendu parler du mystère de la *Marie-Galante*?

— Pardon... Je ne sais encore rien...

— On ne s'en occupe pas à Paris?... Très bien!... Parfait!... On s'en occupera désormais...

Et il ricane. Il semble menacer les Parisiens.

— La *Marie-Galante*, messieurs, est un de mes bateaux... J'en ai sept... Deux qui font la morue à Terre-Neuve... Des trois-mâts... Plus un trois-mâts désarmé faute de trouver des équipages... Cela non plus, on ne le sait pas à Paris !... Ensuite trois chalutiers à vapeur qui font le hareng dans la mer du Nord... Enfin la *Marie-Galante*...

Il se retourna pour nous montrer, au mur, la photographie d'un bateau le jour de son lancement, avec des gens en costume de 1900 et une profusion de drapeaux.

— Une goélette qui a été construite pour transporter le sel à Terre-Neuve... Tout de suite après la guerre, j'y ai fait installer un moteur Diesel qui m'a coûté cent cinquante mille francs, si bien qu'elle pouvait marcher à la voile ou au moteur... Depuis trois ans, elle est dans le bassin, toujours à cause de la crise...

Il y avait un contraste comique entre les rondeurs de sa personne et son affectation à parler net, à vous envoyer les mots au visage comme des cailloux.

— Bon ! Voilà cinq jours, on me réveille à deux heures du matin... C'est l'éclusier du bassin... Mais pardon ! connaissez-vous le port ?... Il y a d'abord ce que nous appelons l'avant-port, où mouillent les bateaux qui ne font qu'une escale assez courte... Ensuite il y a le bassin, séparé de la mer par une écluse, de sorte qu'on n'y sent pas les marées... Tout au fond du bassin, une sorte de second bassin où sont amarrés les bateaux désarmés... La *Marie-Galante* était là depuis trois ans... Autant dire qu'elle y pourrissait tout doucement en attendant que les pouvoirs publics daignent s'occuper de la navigation française...

« Donc, l'éclusier m'éveille... Il a été éveillé lui-même par le douanier de garde qui a vu avec étonnement une goélette sortir du bassin, gagner les jetées et se diriger, sans un feu de position, vers la haute mer...

« Je soupçonne l'éclusier d'avoir bu, le soir, un coup de trop, ce qui lui a donné un sommeil profond... Ces jours-ci, il n'y a guère eu de sorties de bateaux... On ne lui a pas demandé l'écluse... Ceux qui pilotaient la *Marie-Galante* ont manœuvré eux-mêmes les vannes et les portes...

« Avouez que, comme mystère, c'est déjà joli!... Remarquez en outre que le bateau, tel qu'il était dans le bassin, était inutilisable... D'une part les voiles n'étaient pas à bord... D'autre part il n'y avait pas d'huile lourde dans les réservoirs et le moteur avait une avarie...

« Bref, ceux qui sont partis avec mon bateau ont dû le remettre en état, ce qui représente le travail de plusieurs nuits...

« J'avertis les autorités maritimes... On téléphone à tous les ports de la côte, y compris ceux de la côte anglaise... Les gardiens de phares sont prévenus... Par T.S.F. on prie les chalutiers qui pêchent en mer du Nord de signaler la *Marie-Galante* dès qu'ils l'apercevront...

« Le matin, rien !... C'est à midi que le commandant de la *Francette,* un chalutier armé au hareng, aperçoit une goélette qui dérive au beau milieu du Pas-de-Calais... Personne à bord !... Il l'a prise en remorque...

« Voilà le premier acte... Il n'y a vraiment pas de quoi rire !

C'est à moi que ces derniers mots s'adressaient car, malgré moi, je souriais à l'évocation de ce bateau prodigue qu'on ramenait au bout d'un filin après sa fugue !

Surtout qu'il appartenait à ce petit bonhomme si catégorique en dépit de son bedon et de sa calvitie !

— Inutile de vous dire que je n'ai aucune confiance dans la police officielle... Je préfère un homme quelconque qui, pour gagner sa croûte s'attache sérieusement à une affaire... C'est pourquoi je vous ai écrit... Car la *Francette,* bien entendu, me réclame son droit d'épave, ce qui me coûterait dans les deux cent mille francs...

« Mais l'affaire commence seulement... Après que le commissaire de police a eu fouillé le bateau, un de mes contremaîtres y est allé à son tour... Il voulait surtout examiner le moteur, qui a été réparé par un véritable technicien, mieux qu'on ne l'aurait fait dans un chantier de Fécamp...

« Le contremaître y est retourné hier au soir, sans rien me dire... C'est un homme qui aime se rendre compte, qui vous démonterait une machine simplement parce qu'elle fait un bruit qui ne lui plaît pas...

« Et il s'agit justement de bruit... Il y avait de l'huile à bord pour une croisière d'au moins dix jours... Or, il avait noté en même temps qu'il n'y avait pas d'eau douce dans les réservoirs...

« Vous comprenez?... Se donner la peine d'embarquer du combustible mais ne rien emporter à boire!...

« Alors, en tapotant ce réservoir, il a remarqué que la tôle galvanisée rendait un drôle de son... Il a démonté le robinet... Il a introduit le fil de fer à l'intérieur et ce fil de fer a rencontré un obstacle... Il m'a téléphoné pour me demander la permission de démonter le réservoir...

« Comme tous les réservoirs de ce genre, il est soudé... Une heure plus tard on faisait tomber un des côtés... Et savez-vous ce qu'on découvrait?...

— Un cadavre?... dit G. 7.

Pour sa récompense il reçut un coup d'œil furieux du bonhomme à qui il coupait ses effets.

— Une femme morte, oui!... Ces messieurs du Parquet sont à bord, à l'instant même... Une femme morte dans le réservoir soudé!... Seulement, à Paris, les journaux préfèrent parler d'affaires de mœurs, de coups de revolver entre amants et maîtresses... Une femme morte dans le réservoir de la *Marie-Galante*!... C'est tout, messieurs... J'ignore si vous êtes capables de découvrir quelque chose... C'est simple!... Si vous réussissez à éclaircir cette histoire, il y a vingt-cinq mille francs pour vous... Sinon, je vous paie vos frais au plus juste... Cela convient?...

J'avais envie de pouffer, malgré tout le tragique de l'histoire elle-même.

— Ce que vous désirez, c'est que je découvre l'assassin de la jeune femme...

— Pardon! Avant tout que vous mettiez la main sur les gens qui ont emmené le bateau au large... Parce que c'est à eux que l'armateur de la *Francette* aura à adresser sa note...

Nous nous levions. Notre interlocuteur était un peu dérouté par l'acceptation si rapide de ses conditions. Cela ne semblait pas lui donner confiance. Peut-être craignait-il que, faute de fonds, nous sabotions l'ouvrage.

Toujours est-il qu'il ajouta avec un regard en dessous, en tirant son portefeuille de sa poche :

— Vous avez de l'argent sur vous?... Je peux, à titre de provision...

— Merci... Au plaisir de vous revoir, monsieur Morineau...

Nous revîmes la vieille fille et l'employé de l'aquarium. Dehors, il arrivait du large une brise légère, ensoleillée, capiteuse dont on éprouvait le besoin de s'emplir les poumons en sortant de la maison.

— Pas la peine de la mettre au garage ! remarqua G. 7 en désignant sa voiture qui était aussi bien au bord du trottoir que partout ailleurs.

J'eus l'impression que quelque chose le déroutait, voire le gênait. Il marchait comme sans but le long du quai où, dans la plupart des boutiques, on vendait des cirés, des suroîts, des tricots de laine et des bottes de marin.

— Nous n'allons pas voir la *Marie-Galante* ?

J'eus la clef du mystère.

— Le Parquet y est... Je n'ai plus aucun titre officiel...

Il souriait. Il crânait. Mais sa démission était de trop fraîche date pour ne pas le chatouiller désagréablement.

— Allons plutôt voir l'écluse, en attendant...

Nous en étions à cent mètres. Une écluse banale. D'une part l'avant-port et les jetées. Dans l'avant-port, il y avait surtout des barques de pêche peintes en vert, en bleu, en jaune, qui attendaient la marée pour appareiller.

Dans le bassin, au contraire, c'étaient les unités plus sérieuses. Une dizaine d'hommes deminus déchargeaient un morutier qui revenait de Terre-Neuve et emplissaient de poisson salé des wagons entiers qu'une petite locomotive conduisait ensuite, à même le quai, vers la gare.

À bord d'un chalutier plus petit, destiné à la pêche du hareng, une dizaine de pêcheurs en vareuse rouge attendaient que la marée fût assez haute pour mettre le cap sur la mer du Nord.

— Quatre vannes et deux portes à manœuvrer... murmura G. 7. Un seul homme y suffit...

L'éclusier était là, à fumer sa pipe. Un type à grosses moustaches tombantes qui avait un galon d'argent tout neuf à sa casquette.

— Combien êtes-vous pour la manœuvre de l'écluse?...

L'homme regarda mon compagnon avec stupeur.

— Je suis tout seul, parbleu!... Si vous croyez que le gouvernement...

Le reste se perdit dans ses moustaches car il les mâchait tout en parlant, si bien que la moitié des mots était dévorée.

Au surplus, G. 7 était renseigné car il me dit tandis que nous nous éloignions :

— Il est déjà à moitié saoul... Bref, un bonhomme qu'on peut avoir avec quelques grogs...

Seulement, cela n'expliquait rien du tout. Le passage de l'écluse était la partie la plus bénigne de l'aventure.

— Qu'est-ce que tu penses de l'armateur?...

C'était à moi que la question s'adressait.

— J'imaginais ces gens-là autrement... Parce qu'ils ont des bateaux on se les figure comme des aventuriers... Or, ce n'est qu'un vilain petit bourgeois tout confit en préjugés...

G. 7 arrêtait déjà un pêcheur, questionnait :

— Pardon, vieux ! Une question ! Est-ce que M. Morineau est marié ?...

— L'armateur ?... Bien sûr !... Et il a une fille et un fils...

— Déjà grands ?...

Le pêcheur ne comprenait pas pourquoi on l'interpellait de la sorte.

— Ils doivent avoir dans les vingt ans... Le jeune homme en tout cas...

— Merci beaucoup...

Et, à moi :

— Un simple renseignement, en passant... On ne sait jamais !

— Je serais curieux de voir Mme Morineau, dis-je. Je parie que c'est une vieille dame revêche qui est la terreur de la maison...

Nous étions arrivés à cent mètres d'un groupe imposant qui stationnait sur le quai, près de trois voitures, dont un fourgon mortuaire.

## II

### *L'inconnue*

Nous sommes restés près d'une heure, mêlés à la foule, à regarder la *Marie-Galante*. Ma première impression fut une impression de stupeur. Quand M. Morineau nous avait parlé d'une goélette, et même quand il nous avait montré la photographie du bateau, je n'avais pas réalisé ses dimensions.

Or le bateau était énorme. Vingt-huit mètres de long, au moins, sans compter un immense beaupré qui le prolongeait encore. Avec ça, large, ventru, haut de bord, avec des mâts de trente mètres. Il fallait le voir, là, dans le bassin exigu, avec ses agrès en désordre et se répéter que ce bateau avait, en somme, été escamoté comme une muscade.

Une autre impression me poursuivait, très différente, peut-être parce que le hasard a fait que j'ai toujours vu Fécamp sous la pluie et sous les rafales. Alors il est sinistre. L'air est saturé d'une âcre odeur de morue. Partout on marche dans une boue pleine de viscères de poisson et de résidus innommables.

Or, cette fois, j'arrivais pour un crime et il y avait un soleil radieux. L'air était calme, à peine animé par une brise joyeuse. Tout rutilait. L'eau du bassin elle-même paraissait moins stagnante et moins sale.

Sur le pont de la goélette, quelques hommes s'entretenaient à mi-voix, allaient et venaient, se groupaient, se séparaient.

Le Parquet! Et G. 7 était à terre, mêlé à la foule. Il me désigna un grand gaillard deux fois large d'épaules comme lui.

— Le commissaire Lucas! me dit-il. C'est lui qui est chargé de l'enquête...

— Un as?...

— Un as!

Nous ne pouvions savoir ce qui se passait à l'intérieur. À un certain moment quelqu'un descendit à terre et réclama de fortes pinces. Un peu plus tard le médecin apparaissait sur le pont et parlait longuement au procureur et au juge d'instruction.

— Combien d'hommes faut-il pour manœuvrer ce bateau-là? questionnait cependant mon compagnon en s'adressant à un pêcheur.

— Cela dépend.... Quand il faisait le sel, ils étaient six à bord, plus le capitaine... Mais, au moteur, on peut s'en tirer à trois... Des fois à deux...

Nous étions tout au bout de la ville et nous avions dans le dos les rails de chemin de fer, puis un terrain vague où s'amoncelait le contenu des poubelles. Une rumeur dans la foule nous avertit qu'il se passait quelque chose. Et en effet deux hommes hissaient une forme longue sur le pont. On ne s'était pas donné la peine d'apporter des draps mais on avait entouré le cadavre d'un morceau de toile à voile.

— Laissez passer, vous autres!...

Et les deux hommes se faufilaient avec leur fardeau jusqu'au fourgon mortuaire.

Je le répète. Ce n'était pas sinistre. Ce n'était même pas dramatique! Les gens continuaient à parler à voix haute. Un gamin souleva même la toile pour voir le corps.

Les portières claquèrent. Ces messieurs du Parquet, regagnaient les voitures. Le commissaire Lucas était seul à rester à bord.

— Viens...

Je suivis G. 7 vers qui Lucas marcha les deux mains tendues.

— Qu'est-ce que vous faites ici?... En vacances dans les environs?... Peut-être à Étretat?...

Mon ami était rose. Il regardait ailleurs.

— Je... je suis chargé par Morineau...

— Service commandé?...

— Pardon! J'ai quitté la police! Je suis à mon compte...

— Ah! bon...

Et le commissaire cligna de l'œil.

— Cela rapporte plus, hein !... Pas bêtes, les jeunes !...

G. 7 ne jugea pas nécessaire de le détromper, de lui avouer que s'il avait donné sa démission de la Police Judiciaire, c'était pour une femme.

Il n'était pas encore habitué à son rôle de détective privé et ce fut timidement qu'il demanda :

— Je peux jeter un coup d'œil ?

— Tout ce que vous voudrez... Il n'y a d'ailleurs pas grand-chose à voir... Il fallait venir quand la femme était encore ici...

— On sait qui elle est ?...

— Rien du tout ! Pas un papier d'identité ! Pas de marques sur le linge ! Au fait, les vêtements sont encore ici, car le médecin a commencé par la déshabiller...

Et il nous conduisit dans une cabine qui sentait le moisi et la saumure.

— Il faudrait des bottes pour circuler là-dedans... Il pousse des champignons sur les cloisons... Trois ans que le bateau est abandonné...

Une étroite cabine, qui était celle du capitaine, avec une lampe à cardan dans laquelle il restait un peu de pétrole et qui suintait.

— Voici les vêtements...

Ce fut ma première petite émotion. Ils étaient là, en tas sur la table, comme si la femme venait de se déshabiller. Je n'irai pas jusqu'à dire que cela avait quelque chose d'érotique, mais néanmoins cela me gêna de voir le commissaire saisir le linge dans ses gros doigts.

Du linge de soie rose, très fin, très riche. La robe, elle aussi, toute noire, suffisait à marquer la position sociale de la victime.

Aucune vulgarité. Pas non plus de luxe à bon marché. Cela sortait d'une des quelques maisons vraiment fastueuses où peu de femmes ont le loisir de s'habiller.

— Il n'y a pas de manteau ni de chapeau? questionna G. 7.

— On ne les a pas retrouvés, pas plus que les chaussures. Et pourtant tout a été fouillé, de la cale à la pomme du mât. Pas non plus la moindre trace de nourriture. En tout et pour tout, une bouteille plate, d'un quart de litre, ayant contenu du whisky mais vidée jusqu'à la dernière goutte... Elle était là-haut, près de la barre...

Le commissaire fumait avidement, pour lutter contre l'odeur écœurante qui régnait dans tout le bateau.

— Et pourtant il y avait des provisions d'huile lourde! remarqua lentement G. 7.

— Vous êtes déjà au courant?... Oui! C'est exact... De quoi faire une traversée importante... De quoi, par exemple, gagner le Groenland ou le nord de la Norvège... Or il a dû être très difficile de charger les fûts d'huile à bord, étant donné qu'ils pèsent cent quatre-vingts kilos et qu'il ne fallait pas être vu... Par contre, pas une goutte de pétrole dans les lampes des feux de position...

— Comme si le départ avait eu lieu avant la date fixée, avant que tout soit prêt... Est-ce qu'un des canots a disparu?...

— Il n'y en avait qu'un dans les porte-manteaux... Un vieux canot à moitié défoncé qui s'y trouve toujours...

— Et le bateau n'a pas été retrouvé à proximité d'une terre.

— Juste au milieu de la Manche...

— Que dit le médecin?...

— La victime a été étranglée... La mort semble remonter au moment où le bateau était en mer... Mais l'autopsie seule permettra de fixer ce point avec exactitude...

— Des empreintes digitales?...

— On va essayer d'en relever sur la bouteille de whisky... Ailleurs, c'est impossible...

Et il nous montrait le décor. Un bateau construit pour transporter du sel et pour être habité par des rustres. Il n'y avait pas un coin propre, pas un endroit réellement habitable.

— Quel âge?...

— Entre vingt-cinq et trente ans...

— Jolie?...

Le commissaire répondit avec une certaine gêne :

— Vous savez... Après quatre jours passés dans le réservoir... Oui, elle a dû être jolie...

Le spectacle n'avait pas dû être agréable, car rien que de l'évoquer il en faisait la moue.

— Venez voir ce réservoir...

Il fallait traverser les cales à sel où il y avait quarante centimètres d'eau et où, à l'intention du Parquet, on avait posé des planches sur des barriques. C'était près du gaillard d'avant, un réservoir d'un bon millier de litres, scellé au pont. Toute une paroi avait été arrachée par le contremaître qui avait découvert le cadavre.

— Un hasard ! Il y avait une chance sur un million pour qu'on retrouve la femme... Il a fallu que le contremaître soit une sorte de maniaque en même temps qu'un homme minutieux... Sinon, le bateau restait sans doute des années encore ici.... Il est improbable qu'il eût refait jamais le sel car il existe maintenant des vapeurs plus rapides... Il aurait pourri dans le bassin...

C'était fini de ma légèreté d'humeur, en dépit du soleil que nous apercevions par les panneaux ouverts.

— Quant au moteur, il n'a jamais aussi bien marché... Celui ou ceux qui l'ont remis en état sont de véritables spécialistes...

Et le commissaire conclut :

— Il n'y a qu'à attendre un nouveau hasard... Ou bien que quelqu'un reconnaisse la morte... Le portrait paraîtra ce soir dans tous les journaux... Il sera transmis à toutes les polices européennes... Vous connaissez la musique, puisque vous avez été de la maison... On va prendre un demi?...

G. 7 ne pouvait pas refuser. Ce fut dans un petit café du port, où il n'y avait guère que des pêcheurs qui parlaient le patois normand.

— C'est drôle que ce Morineau ait eu l'idée de s'adresser à une agence...

La conversation languissait.

— En attendant, soupira le commissaire, j'en ai pour quinze jours au moins à vivre dans ce patelin... Si je savais que le temps resterait au beau, je ferais venir ma femme et les gosses... Pas encore marié, G. 7?...

— Le mois prochain...

— Ah!... On peut savoir avec qui?...

— Une jeune fille russe...

On se sépara sans grandes démonstrations. Je sentais que G. 7 manquait d'entrain. D'ailleurs il n'avait pas de plan précis puisque pendant une heure au moins il ne trouva rien de mieux à faire que se promener dans le port.

— On en a vite fait le tour! remarqua-t-il. En tout la grandeur d'un pâté de maisons de Paris...

Nous vîmes de loin la plage de galets où s'agitaient quelques maillots multicolores et, contre la falaise, la masse blanche du casino surmonté d'un pavillon français.

— Allons dîner !... Sans compter qu'il faut quand même rentrer la voiture quelque part...

On choisit l'*Hôtel du Chemin de Fer*. Table d'hôte et voyageurs de commerce.

À huit heures, tandis que la nuit tombait, nous fûmes à nouveau sur les quais et je retrouvai mon Fécamp sinistre.

Des ruelles en pente, mal pavées, mal éclairées, avec le ruisseau coulant au milieu. Quelques lumières sur les bateaux amarrés dans le port. Les feux rouges et verts des jetées. Le pinceau mouvant du phare qui éclairait toutes les dix secondes une falaise blême.

Il n'y avait personne près de la *Marie-Galante*. On avait retiré la passerelle, ce qui prouvait que le bateau n'était pas gardé.

— Ils n'ont pas pu faire de lumière, même à l'intérieur, remarqua mon compagnon, car ils auraient risqué d'être vus...

Coïncidence étrange, la seule maison qu'on pouvait apercevoir de cet endroit, la seule habitation proche portait une lanterne rouge et un gros numéro. Quand s'ouvrait la porte à claires-voies, il nous arrivait des bouffées de piano mécanique.

— La femme est passée par ici, de nuit...

Et je revoyais le linge très fin, la robe luxueuse... Les chaussures et le manteau avaient disparu... Elle avait marché dans ce terrain vague...

Quelqu'un l'accompagnait... Un homme élégant comme elle, qui lui donnait le bras, l'aidait à franchir la passerelle?... Une brute qui la faisait avancer sous une menace quelconque?...

C'était tout récent! Cinq jours! Et voilà que la *Marie-Galante* était à nouveau à sa place dans l'eau stagnante. Le réservoir était éventré. Et à la morgue le corps était étendu sur une dalle.

— Le temps fraîchit!... dis-je.

Nous percevions les voix de pêcheurs qui poussaient leur barque vers les jetées, à grands coups d'aviron, en attendant que la brise gonflât leur voile.

Et le clapotis de l'eau sur les galets, au loin... Le casino devait être illuminé...

— Qu'est-ce que tu en penses?...

G. 7 me regarda. Il avait les yeux fiévreux. Il ne répondit rien. Ce ne fut que beaucoup plus tard qu'il murmura comme un aveu :

— Je voudrais voir la femme...

Il y avait de la morbidesse dans l'air. Un train siffla derrière nous. Nous nous mîmes en marche dans la direction de la ville.

Comme nous arrivions au quai des Belges, je saisis le bras de mon compagnon.

— Regarde... Là-bas... Au premier...

C'était la maison de pierres grises de M. Morineau. Les fenêtres du premier étage étaient éclairées. On découvrait un lustre à pétrole qui avait été transformé pour l'électricité. Il y avait encore de fausses bougies et des bobèches.

Les murs étaient tendus d'un lugubre papier grenat. Et sur l'un d'eux on devinait un agrandissement photographique représentant un vieillard en redingote et en haut col de 1860.

— Le fondateur de la lignée des Morineau... ricanai-je.

La fenêtre de droite était entr'ouverte. À celle de gauche, l'armateur lui-même était campé, le front sur la vitre.

Et comme nous approchions j'entendis des accords musicaux, puis une voix de femme qui s'accompagnait elle-même au piano et chantait une romance.

— Plutôt sa fille !... dis-je encore.

Car je continuais à me représenter Mme Morineau comme une vieille femme revêche et acariâtre.

Ce ne fut qu'à onze heures, comme nous rentrions à l'hôtel et que nous prenions une dernière fine dans la salle commune qui était déserte que je fus détrompé.

La caissière était jeune, aimable. G. 7 lui posa quelques questions, par habitude. Et quand il parla de Mme Morineau elle s'étonna :

— Comment ?... Vous ne savez pas ?... Il y a dix ans qu'elle est partie avec un tout jeune homme de Paris... Il paraît que c'était la plus belle femme de Normandie... On m'a même dit qu'elle faisait du music-hall dans le monde entier... Ce n'est pas comme sa fille...

— Elle est laide?...

— C'est-à-dire qu'elle ressemble à son père...

G. 7 me regardait avec un sourire ironique en me donnant des coups de pied par-dessous la table de marbre.

### III

*Le rhume de G. 7*

Les deux journées suivantes comptent parmi les plus déroutantes que m'ait réservées G. 7, parmi les plus mornes, les plus écœurantes aussi. Je crois à l'influence de l'atmosphère sur les nerfs et par conséquent sur nos dispositions et c'est pourquoi je signale que le matin en me levant je trouvai du soleil plein la chambre. Mais, la fenêtre ouverte, j'aperçus au ciel des nuages rapides et par deux fois pendant que je me rasais le vent faillit casser les vitres.

Un temps clair. Une lumière crue. Mais cette brise continuelle venait du large et forçait les passants, dans les rues, à tenir leur chapeau.

Il était un peu plus de huit heures quand je frappai à la porte de mon ami qui me cria mollement d'entrer. Et je fus stupéfait de le voir assis sur son lit, les yeux fixés sur le panorama que découpait la fenêtre grande ouverte.

— Pas encore prêt?...

— Je me suis levé... Puis je me suis recouché...

Cela lui ressemblait si peu que je crus à une plaisanterie. Mais il ajouta :

— Je crois que je me suis enrhumé hier au soir...

— Et tu laisses la fenêtre ouverte...

Le vent soulevait les rideaux, faisait frémir les draps de lit. Jusque-là je n'avais pas prêté attention à la situation de l'*Hôtel du Chemin de Fer* et ma chambre donnait sur une petite rue quelconque.

Or, celle de G. 7 était au contraire une véritable position stratégique. Un peu à gauche, le bassin, où j'aperçus la *Marie-Galante* à l'avant-plan et, plus loin, les chalutiers en déchargement. En se penchant, enfin, on pouvait distinguer les pierres grises de la maison de M. Morineau. Comme fond, la mer, toujours bleue, mais ornée de moutons blancs.

— Tu ne te lèves pas?...

Si. Il se levait. Il portait un pyjama à rayures qui le faisait paraître plus grand et plus maigre. Il alla tirer de sa valise un foulard qu'il s'enroula autour du cou.

— C'est peut-être parce que j'ai dormi la fenêtre ouverte...

Tel quel, avec ses cheveux défaits, son visage tiré, il donnait aussi peu que possible l'impression d'un garçon énergique. Plus exactement avait-il l'air de tenir une sérieuse gueule de bois. Au point que je questionnai soupçonneusement :

— Tu n'es pas ressorti hier au soir?...

— Il me fit signe que non. Il se rasait.

— On sort, ce matin?...

— Je ne sais pas... Je ne crois pas...

— Si je fermais la fenêtre?...

— Oui... Ou plutôt non...

Et il ne s'habilla pas. On traîna ainsi une heure, moi assis au bord du lit à fumer des pipes, lui à aller et venir, se lavant les dents, mettant du linge en ordre dans sa valise, étalant sur la table des papiers que le vent envoyait aussitôt par terre. Et la conversation était à la hauteur de cette activité.

— Singulière-affaire...

— Oui... C'est curieux...

Il finit par crayonner sur un bout de papier et j'eus la curiosité d'aller voir ce qu'il écrivait. Alors seulement je compris que pendant que je le croyais mal réveillé ou abruti, son esprit n'avait pas cessé de travailler.

Le crayon avait marqué un point, qui devait représenter le bateau au port. Puis deux petits traits qui figuraient l'écluse. Puis, vaguement, les contours de la Manche et un point encore au beau milieu.

Et G. 7 préoccupé jusqu'à ne plus penser à moi monologuait comiquement :

— D'abord elle a dû venir à Fécamp... Bon! Elle est à Fécamp... Elle monte à bord... Le bateau s'en va... Il passe ici...

Je ris. Puis je l'imitai.

— Et elle fait comme ceci, comme cela...

Il leva vers moi des yeux graves et dit doucement :

— Le plus terrible, c'est que je n'ai pas le
droit de rater cette affaire, la première qu'on me
confie...

Il était piteux, avec sa tête de papier mâché,
son foulard, son pyjama fripé.

— Écoute ! je n'ai pas le courage de sortir
aujourd'hui. Tu diras en passant à la femme de
chambre de m'apporter un grog bien chaud...
Puis tu iras au port me chercher un capitaine
de bateau, n'importe lequel, qui connaisse la
Manche, et tu me l'amèneras en même temps
qu'une carte marine...

Je ne l'avais jamais vu aborder une enquête
ainsi, comme sans espoir et tout le long du chemin j'eus de désagréables pressentiments.

*

Ce fut le hasard qui me conduisit à bord de
la *Francette*, le chalutier, précisément, qui avait
ramené la *Marie-Galante*. Je ne reconnus pas le
capitaine de ses hommes car il portait la même
vareuse rouge, les mêmes sabots et il avait comme
eux une chique qui lui gonflait la joue gauche.

— Qui ça qui veut me parler.... Quelqu'un de
la police ?... Comment vous dites ?... De la police
sans être de la police ?...

Un jet de salive sur le pont. Une œillade à ses hommes.

— Pourquoi pas, hein?... C'est-y loin?... Je suppose que c'est rapport à la *Marie-Galante*?...

Comment définir ça? J'eus l'impression qu'on se payait ma tête. Plus exactement que ces mots évoquaient pour les hommes qui étaient devant moi des souvenirs particulièrement joyeux. Chemin faisant tout en essayant de calquer mon pas sur celui de mon compagnon, je voulus le faire parler.

Une histoire mystérieuse, vous ne trouvez pas?...

Il me regarda du même œil qu'un peu auparavant.

— Est-ce que vous savez quelque chose?...

C'était crispant, cet œil qui rigolait en me regardant en coin.

— En somme, c'est vous qui avez retrouvé la goélette... Peut-être avez-vous une idée...

Un long jet de salive, droit devant nous.

— Des idées, tout le monde en a, pas vrai?... Même les idiots!...

Et il rit bêtement, ce qui acheva de m'indisposer à son égard. J'évitai de répondre quand il me questionna :

— Alors, comme ça, vous êtes l'employé du monsieur que nous allons voir?...

En entrant dans la chambre de G. 7, il retira sa casquette et se montra beaucoup plus poli. Il enleva même sa chique de sa bouche et alla la jeter par la fenêtre.

— Voici la carte ! dis-je. Monsieur est le capitaine de la *Francette*...

Et je feignis d'être très occupé à regarder par la fenêtre. Je les vis s'attabler devant la carte marine. G. 7 se fit expliquer les abréviations qu'il ne comprenait pas. La voix grasse du marin grommelait :

— *Coq*, ça veut dire fond de coquillages... Et le petit chiffre à côté, c'est la profondeur... *S*, c'est sable... Voilà où nous avons aperçu la *Marie-Galante* qui s'est montrée aussi entêtée qu'une ânesse à se laisser remorquer...

— Pardon... Il était un peu plus de midi... Combien de temps fallait-il à la *Marie-Galante* pour aller de Fécamp à ce point-là ?...

— Au moteur ?... Pas plus de trois heures...

— Si bien qu'elle a pu, auparavant, toucher la côte anglaise...

— Ou la côte belge... Sûr, en tout cas, qu'elle a abordé quelque part, vu que les gens ne l'ont pas conduite en pleine mer pour se jeter au jus... Et il n'y avait personne à bord... Et le canot était toujours là...

— Elle avait peut-être donné rendez-vous à un autre bateau ?

Le capitaine haussa les épaules.

— Et encore quoi ? Si vous croyez qu'on se donne ainsi des rendez-vous en pleine mer...

Surtout dans la Manche, où il y a un trafic de tous les diables...

— Encore une question... N'est-ce pas vers cet endroit que passe la malle Calais-Folkestone?...

— Deux fois par jour...

— Vers quelle heure?...

— La nuit vers cinq heures... Puis à quatre heures de l'après-midi...

Je voyais G. 7, hésitant, tripoter son portefeuille, et il finit par glisser un billet de cinquante francs dans la main du marin.

— Je vous remercie. Bien entendu, vous ne savez rien?...

— Qu'est-ce qu'on saurait?...

Mais l'œil riait et je détournai la tête en haussant les épaules. Quand je regardai à nouveau la chambre, G. 7 était seul, penché sur la carte marine, occupé à dessiner une silhouette de femme en travers du Pas-de-Calais.

— Il n'y a pas d'autre course? demandai-je avec humeur.

— Tu pourrais peut-être aller téléphoner d'en bas pour savoir si on est parvenu à identifier la femme... Au fait! demande donc si M. Morineau est allé la voir, soit à bord, soit à la morgue.

Je revins quelques minutes plus tard et récitai en style télégraphique

— Femme non identifiée... Morineau pas sorti de chez lui... N'a pas vu cadavre...

Mais je ne plaisantais que pour tromper mon impatience. Je sentis que mon ami pataugeait. Plus je pensais à cette affaire et plus elle me paraissait insoluble. Et il y avait par surcoît ce rhume idiot qui tenait G. 7 à la chambre !

Je restai au moins une heure et demie à la fenêtre, sans entendre autre chose que le crayon qui traçait des traits quelconques sur la carte, à la façon des écoliers paresseux.

— Dis donc... fit enfin la voix de mon ami.

— Quoi ?...

— Les Morineau doivent avoir une domestique... Essaie de la voir, de savoir si Morineau était chez lui la nuit du départ de la goélette...

J'y avais pensé aussi, bien sûr. J'avais même échafaudé tout un roman. Morineau retrouvant sa femme, voulant se venger d'elle, l'emmenant au large et l'enfermant dans le réservoir.

Cela ne tenait pas debout. D'abord la *Marie-Galante* était revenue sans personne de vivant à bord. Ensuite pourquoi l'armateur eût-il inventé toutes ces complications ? Et pourquoi surtout ce départ en mer, qui avait exigé pendant plusieurs nuits une mise au point du moteur ?

Rien que cette mise au point exigeait au moins deux complices...

Toujours le vent ! Et un coup de soleil dans l'armoire à glace. G. 7 dans son pyjama à rayures, avec son foulard, son nez rougi, qui avait l'air d'un élève puni !

41

Je commençai par faire les cent pas sur le quai en regardant la maison des Morineau, avec ses vitres du rez-de-chaussée doublées de verre verdâtre. D'affreuses lettres de faience annonçaient : *Morineau fils, armateur.*

J'imaginais, derrière la vieille fille, l'employé empaillé, et dans le bureau du fond l'armateur lui-même, avec sa calvitie et ses vêtements noirs. Un quart d'heure plus tard je vis sortir une fille qui louchait et qui portait un filet à provisions sous le bras.

La bonne, évidemment ! Elle marchait vers la rue la plus commerçante de la ville. Je la suivais à quelques mètres et je finis par prendre mon courage à deux mains.

— Pardon, mademoiselle... Vous permettez que je vous demande un renseignement ?...

Elle me regarda, interdite. Je faillis lui mettre vingt francs dans la main et je ne sais pas ce qui m'en empêcha.

— Pourriez-vous me dire si M. Morineau est sorti mercredi soir ?...

— Mon père ne sort jamais le soir...

J'en avais la respiration coupée. Je ne savais plus où regarder.

— Excusez-moi... Je... je vous...

— Pourquoi ne l'avez-vous pas demandé à lui-même ? Vous êtes l'employé du détective, n'est-ce pas ?...

Je ne sais plus comment je battis en retraite. Je

crois qu'un peu plus tard je parlais tout seul en marchant. Je n'oserais même pas avouer toutes les idées qui me passaient par la tête. Cela tenait du cauchemar plutôt que de la réalité.

Mais, en l'occurrence, la réalité ne frisait-elle pas le cauchemar?... Ces bureaux verdâtres, avec la vieille fille et l'employé grassouillet... La musique qu'on entendait la veille et la demoiselle qui s'accompagnait au piano, évoquant un beau soir romantique...

Et c'était cette affreuse créature bigle!

La *Marie-Galante*, en face, avec le cadavre dans le réservoir... Le linge fin... Je me souvins de la chemise toute plissée...

Jusqu'à G. 7 qui était enrhumé et qui gardait la chambre avec un foulard autour du cou.

Je ne regardais pas devant moi et je plongeai en plein dans la vaste poitrine d'un homme qui me remit d'aplomb d'une patte rude. C'était le capitaine de la *Francette*. Il me reconnut. Et une fois de plus je reçus son regard rigoleur.

Quand je rentrai à l'hôtel, une autre histoire m'attendait. La bonniche se précipita au-devant de moi.

— Pardon, monsieur... Votre ami a demandé que vous ne le dérangiez pas... Il a une visite... Est-ce que je dois mettre votre couvert dans la salle ou mangez-vous là-haut avec votre ami?...

— Je n'en sais rien... Servez-moi une fine à l'eau...

J'étais tout seul dans le café. La caissière n'était même pas à sa caisse. Je restai là une heure, une heure entière, à me morfondre. J'allai jusqu'à soupçonner G. 7 de m'avoir éloigné pour recevoir une femme.

Des pas dans l'escalier. J'avais les yeux fixés sur les dernières marches. Je vis descendre un jeune homme qui avait à peine vingt ans et dont le fin visage très allongé était tout pâle avec des yeux fiévreux, des lèvres trop rouges qui faisaient penser à une femme.

Tête basse, il traversa le café, gagna la rue en abaissant sur son front le bord de son chapeau de feutre noir.

# IV

## *Le deuxième jour*

— Qui est-ce?...

La carte était toujours sur la table, maculée de traits de crayon qui la rendaient illisible. Et G. 7 qui dessinait toujours répondit sans lever la tête :

— Le fils de Morineau, bien entendu...

— Qu'est-ce qu'il est venu faire?... Il faut croire que c'était bien important, puisque j'étais de trop...

— Ces gamins-là, c'est si farouche!... soupira-t-il. Un pauvre gosse!... Il n'était pas ici d'un quart d'heure qu'il éclatait en sanglots...

Je mis mon point d'honneur à ne pas poser de questions.

— Un paquet de nerfs... Il a dû avoir une croissance difficile... Il n'est pas fort... Et au moindre mot il se replie sur lui-même... Je ne comprenais d'abord pas le but de sa visite... Il n'y allait pas franchement... Il me demandait de lui communiquer l'identité de la morte...

« Je lui ai dit qu'on ne savait pas encore et il a rusé, comme pour me prendre en défaut...

« J'ai fini par comprendre... Ce qu'il voulait savoir c'est si le cadavre n'était pas celui de sa mère... Je l'ai forcé dans ses retranchements... Il a été obligé de m'avouer que son père lui avait défendu d'aller à la morgue...

— Morineau a défendu à son fils d'aller à la morgue?... Et il a eu soin de ne pas y aller lui-même!... Mais...

— Rien du tout! m'interrompit G. 7. Il n'y a pas vingt-quatre heures que nous sommes arrivés à Fécamp et tout le monde nous connaît. Mme Morineau a vécu ici de longues années. Or, toute la ville a défilé ce matin à la morgue et personne ne l'a reconnue... Si bien que j'ai affirmé au gamin — il s'appelle Philippe — que ce n'est pas sa mère...

— C'est probable! dis-je.

— C'est certain! Même défigurée, il y aurait bien eu quelqu'un pour la reconnaître... Cela l'a rassuré... Il voulait partir... Mais j'ai continué à le questionner... Il est terriblement impressionnable... Après quelques minutes, j'en faisais tout ce que je voulais...

« C'est alors qu'il m'a supplié, si c'était possible, quand j'aurais un moment de temps, d'essayer de savoir où est sa mère... Il était touchant... Il avouait qu'il ne pourrait pas me payer...

46

« Une confession entière, quoi!... Le père Morineau qui est un maniaque et qui fait trembler tout le monde... S'il ne trouve pas d'équipages pour ses bateaux, c'est à cause de sa réputation...

« Un avare!... L'avarice poussée à un degré maladif... Il n'y a pas de domestique dans la maison...

Je souris d'un sourire supérieur, mais G. 7 ne s'en aperçut pas et je ratai mon effet.

— Jusqu'à l'âge de quinze ans, le gamin a porté des vêtements taillés dans les vieux vêtements de son père... Et, à seize ans, on l'a mis en apprentissage dans une banque, sous prétexte de lui apprendre à vivre... Il y est toujours!... Il a vingt ans... On lui laisse exactement deux francs pour son dimanche!... On surveille toutes ses allées et venues et une fois qu'on l'a vu au Casino avec une gamine du pays, il est resté enfermé trois jours dans sa chambre...

« Quant à la mère, il est défendu d'en parler, de prononcer son nom, de faire allusion à elle...

« Ce n'est pas tout... Le père et la fille s'entendent très bien... Mieux! La fille est avec le père contre son frère et c'est elle qui le dénonce quand il est en faute...

« Ils n'ont pu trouver que deux employés : la vieille fille qui, paraît-il, est la personne la plus désagréable du monde, et l'autre, celui que nous avons vu, et qui n'a qu'un défaut : c'est d'avoir de temps en temps des absences de mémoire...

« Tous deux gagnent des salaires de famine... C'est la seule chose qui compte dans la maison...

« Il y a déjà un an que Philippe veut s'en aller... Il n'ose pas... Il a une terreur maladive de son père... Le grand rêve de sa vie c'est d'apprendre où est sa mère et d'aller la rejoindre.

« Il s'est fait d'elle une image idéale... Il a reporté sur elle — qu'il n'a plus vue depuis quinze ans — toutes ses affections...

« Et il ne sait même pas sur quel continent elle vit... Il m'a avoué en sanglotant que sans doute ne la reconnaitrait-il pas s'il la rencontrait dans la rue...

« Il y a mieux : quand il aperçoit une étrangère de trente-cinq à quarante ans, il la regarde avec des yeux de vertige dans l'espoir que c'est elle qui vient le chercher...

Le silence. La clochette, en bas, annonçant le déjeûner à la table d'hôte.

— C'est tout ! Je lui ai promis de retrouver sa mère. J'ai dû l'empêcher de me baiser les mains...

\*

Je ne veux pas parler de l'après-midi. Qu'on imagine deux hommes dans cette chambre banale où l'armoire à glace continuait à être un affreux rectangle lumineux. Et G. 7 en pyjama, s'asseyant, repartant, s'installant à nouveau devant sa carte marine.

Ce n'est pas un drame que j'ai bâti dans ma cervelle. C'est dix, c'est cent drames! Et les plus contradictoires. Les plus saugrenus.

J'allais jusqu'à faire de M. Morineau une victime! De sa fille borgne une héroïne digne des temps antiques!

G. 7 ne parlait pas, prenait des cachets d'aspirine. De temps en temps je regardais la *Marie-Galante* devant laquelle les passants s'arrêtaient un instant. Et je devinais le dialogue.

— C'est le bateau qui est parti tout seul la semaine dernière...

— Et où était le cadavre?...

— Là, à l'avant, dans le réservoir...

Il y eut, ma foi, l'après-midi, un gamin qui ne trouva rien de mieux que de se jucher sur le beaupré pour pêcher à la ligne!

Parfois je lançais une petite phrase pour sonder mon ami.

— Que peut bien faire le commissaire Lucas à cette heure-ci?

Mais il n'entendait pas. Ou bien il ne voulait pas entendre. À huit heures, je descendis dîner. Quand je revins à neuf heures et demie, alourdi par trois fines que j'avais avalées avec une obstination morne d'ivrogne, il dormait.

— Ça va mieux?...

— Je ne sais pas... J'ai mal dormi...

Il se rasait. Mais il ne semblait pas avoir envie
de s'habiller pour sortir. Pourtant je remarquais
qu'il ne se mouchait guère et qu'il ne toussait
pas du tout.

— Tu ne veux pas téléphoner à Lucas pour
savoir si la morte est identifiée?...

Je tombai sur un Lucas aussi gai que possible,
peut-être par protestation contre les réalités.

— Eh bien?... Et ce petit cachotier de G. 7?...
Une occasion comme pas une de se distinguer
en faisant la pige à la police officielle... On bat
un beurre magnifique!... Paris ne connaît pas la
femme morte... Personne ne la reconnaît... Bref,
mystère sur toute la ligne... Qu'est-ce qu'il fait,
lui, pendant ce temps-là?...

— Il soigne son rhume!

Un vaste éclat de rire résonna dans l'appareil.

— Je vous jure... insistai-je.

— Elle est bien bonne!... Il a trouvé un
tuyau?... Dites-lui qu'il ne soit pas trop méchant
avec nous, hein!... On fait ce qu'on peut, mais
il a une autre liberté de mouvements que les
officiels...

— Je vous donne ma parole que G. 7 n'a pas
quitté sa chambre depuis avant-hier soir...

Nouvel éclat de rire.

— Allons!... À tout à l'heure... En tout cas, ici, rien de neuf... Rien de rien... Pas la plus petite piste!...

Je faillis me mettre en colère en retrouvant G. 7, qui avait retourné la carte marine, occupé à tracer sur le dos de nouveaux dessins.

— Qu'est-ce que c'est ceci?... dis-je en désignant une image informe.

— La maison du quai des Belges...

— Et ceci?...

— La *Marie-Galante*...

— Et ceci?

— Le pauvre Philippe en train de pleurer... Plus loin, c'est la jeune fille que tu accostes dans la rue...

La colère me rendait muet.

— Il me semblait t'avoir entendu dire hier qu'il fallait coûte que coûte que cette affaire soit réussie...

— Oui...

Il disait cela gentiment, comme un enfant qu'on gronde.

— J'avoue que la méthode est neuve...

Alors, il fut pitoyable, ou cabotin en diable :

— J'ai mal à la tête! soupira-t-il... Je n'ose plus penser à cette histoire tant cela me fait mal à la tête...

Et il répéta, obstiné, pointant de son crayon des points de son gribouillage :

— Elle est arrivée... Elle s'est embarquée... Le

bateau était ici... Et il est revenu à la même place avec le cadavre.

— Et après ?...

— Rien !...

Je crois bien que nous étions à cran l'un et l'autre. Cette vie entre les quatre murs d'une chambre n'était pas favorable à notre amitié.

— Il y a pourtant des gens qui savent ! articulai-je.

— Qui ?...

— Les assassins, en tout cas !... Au moins deux... De l'avis des marins, le bateau n'a pu sortir du port sans au moins deux hommes à bord... Et ces deux hommes, où sont-ils ? ...

— Cela m'est égal...

— Hein ?...

— Je dis que cela m'est égal...

— Et qu'est-ce qui ne t'es pas égal ?...

Il fit lentement le tour de la chambre. Il s'arrêta devant la fenêtre, se pencha comme si quelque chose l'intéressait.

— J'attends !... dis-je.

Le vent gonflait son pyjama et lui donnait une silhouette ridicule. La carte, sur la table, se souleva, glissa, finit par aller se poser sur le tapis.

— Eh bien ?...

— Un instant...

La fenêtre était trop étroite pour nous deux. Je m'impatientais. Je n'étais pas loin de le trouver odieux.

Est-ce qu'il ne savait pas se servir de moi quand il s'agissait de démarches désagréables comme d'aller arrêter une femme dans la rue et de tomber sans le savoir sur la propre fille de M. Morineau ?...

— Il vient ici... prononça G. 7 avec satisfaction.

— Qui ?...

— Lui, parbleu !...

— Mais encore...

— Morineau... Voilà deux minutes qu'il hésite, qu'il tourne autour de l'hôtel en se demandant s'il entrera, ou non... Il vient d'entrer... À ce moment, il doit être dans l'escalier...

— Je dois peut-être sortir ?

— Pas jusqu'à nouvel ordre...

On frappait à la porte. C'était bien l'armateur, avec son complet noir, son faux col en celluloïd, sa tête à la fois grasse et trop dessinée.

— Vous êtes malade, à ce qu'on me dit ?... prononça-t-il avant de saluer.

— Qui est ce on ?...

— Tout le monde... Fécamp n'est pas Paris... Tout se sait...

Il avait l'air de renifler l'atmosphère pour y trouver je ne sais quelle odeur.

— Bien entendu, cette enquête n'avance pas... La police officielle n'y comprend rien... Vous n'êtes pas sorti d'ici...

C'était drôle et déplaisant à la fois de voir cet homme essayer de prendre un air bon enfant.

— Je suis désolé, poursuivait-il. Il est toujours déplaisant de rater une affaire... C'est moi qui ai eu tort... J'ai voulu en finir plus vite... Au lieu de cela, j'ai échauffé les esprits...

G. 7, en me marchant sur le pied, me fit comprendre que mon visage était beaucoup trop expressif.

— ... jusqu'à ce pauvre Philippe... On me l'a dit... Je suppose que vous aurez l'honnêteté de ne pas nier... Il y a d'ailleurs des choses que vous devez savoir... Il a l'esprit faible, comme sa mère... Une malheureuse que j'avais pour ainsi dire ramassée dans la rue... J'aurais préféré ne pas parler de ces choses... Les médecins m'avaient affirmé que mon garçon guérirait... Qu'est-ce qu'il a pu vous raconter ?...

Je n'osais pas le regarder, par crainte de faire une gaffe, ne fût-ce que par un coup d'œil. Je fixais G. 7.

— Il voulait seulement savoir si c'était sa mère qui avait été tuée...

M. Morineau leva les yeux au ciel, en homme à qui aucune épreuve n'est épargnée et qui s'attend au pire.

— Pauvre petit... La folie de la persécution qui se dessine, comme chez sa mère...

Je risquai un regard. M. Morineau était vraiment abattu. Et son faux col lui-même devenait déjà moins ridicule.

— Quand je pense qu'il aurait pu tout aussi bien faire une fugue plus sérieuse...

— Et ne pas revenir... répliqua G. 7. Aller retrouver sa mère, par exemple...

Alors M. Morineau de répliquer, les yeux arrondis par l'étonnement, une main sur la poitrine :

— Mais sa mère est morte voilà trois ans... Une assez vilaine affaire, à Brême... On les a retrouvés à six, asphyxiés dans une garçonnière, ou plutôt intoxiqués par des stupéfiants de mauvaise qualité... Parmi eux, il y avait deux mineures... Un des deux hommes était un haut magistrat... L'affaire s'est terminée par un non-lieu général...

Cette fois, je vous jure, je faillis crier d'angoisse ou de rage, tant la sensation de cauchemar était violente.

G. 7, lui, était pris d'une quinte de toux qui ne voulait pas finir.

# V
## *La porte fermée*

Il était cassé en deux. Il semblait incapable de reprendre sa respiration et il balbutia confusément :

— Vous permettez un instant?...

Il était déjà sur le palier. La porte se refermait. Je ne sais pas pourquoi, il me sembla qu'elle faisait un drôle de bruit. Ce dut être aussi l'impression de M. Morineau, car il me regarda avec inquiétude.

— Il va revenir... dis-je.

Quand on a les nerfs aussi tendus, les moindres choses, un mot, une inflexion, un coup de vent, prennent une valeur particulière. Et je serai incapable de dire pourquoi, en prononçant les mots « il va revenir », j'éprouvai le besoin de toucher du bois.

— Il y a longtemps que vous êtes à son service? me demandait mon compagnon, d'une voix lugubre.

— Quelque temps, oui !

— Et pourtant, il était tout récemment encore à la Police Judiciaire ! Du moins est-ce ce qu'il annonce sur ses prospectus...

Quelle colle voulait-il me poser ? Et pourquoi ces regards en dessous, comme pour me prendre en défaut ? Il tira soudain sa montre de sa poche, un gros oignon en argent datant d'au moins trente ans.

— Savez-vous qu'il y a dix minutes qu'il est parti ? Il a peut-être eu une syncope...

Alors j'eus une intuition. Je me souvins du drôle de bruit de la porte. Je m'approchai, tournai le bouton. Elle était fermée à clef !

— Vous sortez ?... me demandait en même temps M. Morineau, qui ne s'en était pas aperçu.

— Je... non...

— Vous êtes tout pâle...

— C'est-à-dire que... je... Non, je vous jure...

Nous devions faire l'effet de deux fous, ou de deux conspirateurs. Il m'épiait. Je l'épiais. Il voulut s'approcher de la porte. Et je cherchais désespérément une ruse pour l'en empêcher. Car je comprenais maintenant que, si G. 7 était sorti, c'était précisément pour enfermer l'armateur.

— Oh ! m'écriai-je en regardant par la fenêtre.

La ruse était idiote ! Il n'y avait qu'un chalutier à entrer dans le port, et c'était trop peu de chose pour intéresser mon compagnon, qui se contenta de murmurer :

— Le *Tonnerre de Brest*... Il était annoncé...
Cinq cents tonnes de harengs, ce qui va faire
baisser les cours.

Et il marcha vers la porte.

— Votre patron G. 7 m'inquiète...

— Attendez ! dis-je. Je... je crois...

Il était devenu, non pas tout pâle, mais tout
jaune. Il avait essayé d'ouvrir la porte. Il avait
constaté qu'elle était fermée à clef.

— Qu'est-ce que cela signifie ? questionna-
t-il en me regardant de ses yeux bilieux.

— Je ne sais pas... G. 7 a dû tourner la clef
machinalement... En tout cas, il n'est pas loin...
Il n'avait qu'un pyjama sur le corps...

Et des soupçons me venaient en foule. Je ne
comprenais pas encore, mais je faisais des rap-
prochements. Ce rhume, qui était si peu percep-
tible et à cause duquel, pourtant, G. 7, le garçon
le moins douillet que je connaisse, gardait si
farouchement la chambre !...

Est-ce qu'il était seulement enrhumé ?... Cette
quinte de toux artificielle... Cette sortie... Cette
porte fermée...

— Il faut appeler !... dit M. Morineau. Nous
ne pouvons rester enfermés ici...

— Nous sommes au premier étage... On ne
nous entendra pas... Et, nous entendrait-on, que
les gens tireraient de cet incident des conclusions
pénibles... Je crois qu'il vaut mieux attendre
G. 7...

Alors il se pencha à la fenêtre. Il essaya de voir sa maison. Je commençais à exulter. Une pensée me remontait, balayait le plus gros de mes angoisses : G. 7 redevenait G. 7, recommençait à agir au lieu de traîner ses savates et son foulard dans une chambre d'hôtel !

— N'empêche qu'il n'a pas de vêtements sur le corps !... pensai-je alors.

Et ce furent d'autres inquiétudes qui me vinrent. Était-ce bien G. 7 qui avait fermé la porte ? N'avait-il pas été victime d'un guet-apens et ne voulait-on pas nous empêcher de nous en apercevoir trop vite ?...

— Il est vrai que nous sommes de même taille... pensai-je. Il sait que j'ai un complet de rechange dans ma chambre...

— Je n'aime décidément pas les manières de votre patron ! grogna mon compagnon, dont le teint restait jaune, tandis que les poches de ses yeux devenaient toujours plus profondes, révélatrices d'une maladie de foie. En somme, c'est moi qui le paie... Tant qu'il travaille à cette enquête, il est en quelque sorte mon employé... Il faut absolument appeler... Nous ne pouvons rester dans cette chambre...

Une sonnerie de téléphone, en bas, nous fit tendre l'oreille en même temps. Collé à la porte, j'entendis vaguement :

— Oui, monsieur... Tout de suite, monsieur... Chez M. Morineau, oui !...

Des pas dans l'escalier. Un coup frappé contre la porte.

— Tournez la clef! dis-je, car j'avais reconnu le pas de la femme de chambre.

— Comment! Vous êtes enfermés?...

— Peu importe! Ouvrez...

Elle nous regarda tous deux avec une vague inquiétude, eut quelque peine à reprendre contenance.

— Je vous demande pardon... J'ai monté l'escalier trop vite... C'est monsieur G. 7 qui vient de téléphoner... Il demande que vous le rejoigniez chez M. Morineau...

— Comment?... Chez moi?...

Je triomphais... Je ne savais encore rien, mais je triomphais!... G. 7 n'était pas plus enrhumé que moi!... Il avait joué la comédie... C'était lui qui avait fermé la porte... Maintenant, il nous attendait chez l'armateur.

Et je voyais celui-ci changer à vue d'œil. Il était laid par nature.... Déjà, en se voyant sous clef, il s'était tassé... Mais maintenant, c'était comme une débâcle... Les chairs jaunes devenaient plus molles et il avait littéralement une tête de crapaud...

— Qu'est-ce que cela signifie?...

J'étais bien décidé, s'il tentait de fuir, à le conduire coûte que coûte chez lui. Je le regardai fermement.

— Nous allons le savoir tout de suite... Il n'y a que deux cents mètres à parcourir...

Il en oubliait son chapeau, que je lui poussai dans la main.

— Votre patron n'est pourtant pas allé dans la rue en pyjama...

— Vous savez, ironisai-je, il n'est pas très coquet...

J'exultais! C'était la grande détente, après deux journées de sourde inquiétude, de malaise imprécis.

Je nous revois, M. Morineau et moi, devant la porte de sa maison. Il hésita à entrer. Il commença par pénétrer dans le bureau.

— Où est le policier? demanda-t-il à la vieille fille.

Mais... là-haut... Dans l'appartement... Vous l'avez envoyé pour prendre des papiers que vous aviez oubliés, n'est-ce pas?...

Il en avait les yeux hors de la tête.

— Et il est en pyjama?... éclata-t-il.

J'ignore comment j'ai pu m'empêcher de partir d'un grand rire homérique. La vieille fille et l'employé grassouillet n'en croyaient pas leurs oreilles, regardaient l'armateur avec un ahurissement qui n'était pas feint.

— Mais non!... Il est habillé comme tout le monde!...

— Cela ne se passera pas comme cela!... On va bien voir... Mademoiselle est là-haut?

— Mais non, puisque vous lui avez fait dire de vous rejoindre à la gare...

— Moi?... Moi, je lui ai fait...

— Par monsieur G. 7... Elle est partie immédiatement...

— Si bien qu'il est tout seul?...

Du coup, il s'élança dans l'escalier, où je le suivis. Il n'ouvrit ni la porte de la salle à manger, ni celle de la cuisine, ni celle du salon, mais celle de sa chambre, qui donnait sur une cour morne.

J'ai rarement vu un homme dans un état de surexcitation pareille. Il s'arrêta un instant devant le lit, regarda autour de lui et, d'un seul élan, poussa l'huis d'une sorte de cabinet de toilette.

Alors, j'entendis la voix calme, posée, de mon ami qui disait à je ne sais qui :

— Je crois que les voici...

Puis, toujours sur le même ton :

— Veuillez entrer, monsieur Morineau... Vous n'êtes pas de trop... Bien au contraire !

L'instant d'après, je l'apercevais, adossé au mur, vêtu d'un de mes complets, un complet de serge bleue qui était quand même un peu trop large pour lui. Il avait au coin des lèvres ce que j'appelle son sourire rentré. Et son regard me désigna un étroit lit de camp au bord duquel une femme était assise.

— Il n'y a malheureusement pas de chaise pour vous asseoir...

Je jubilais. Je me gavais du spectacle que nous donnait l'armateur à tête de batracien qui semblait sur le point de se dégonfler insensiblement comme un bonhomme en baudruche qu'on pique d'une épingle.

# VI
## *Le cabinet de toilette*

Les détails que je vais fournir, je ne les ai perçus qu'au fur et à mesure de la scène qui se déroula alors, mais je crois préférable de les donner en bloc, afin qu'on ait une idée de l'atmosphère.

Le cabinet de toilette était un de ces recoins comme on en trouve encore dans les vieilles maisons : un mètre cinquante de large sur deux mètres de long à peine. Pas de fenêtre. Le jour était donné parcimonieusement par un vasistas s'ouvrant sur la chambre à coucher de M. Morineau, mais, dans cette chambre, on avait appliqué un tissu sombre sur l'œil-de-bœuf, de telle sorte que, la porte fermée, on devait être dans l'obscurité à peu près absolue.

Même la porte ouverte, comme c'était le cas à ce moment, on ne jouissait que d'un jour rare, sans éclat, dont l'effet était démoralisant au possible. Que dis-je ? Le bureau-aquarium du rez-de-chaussée, avec ses vitraux verts, était la gaieté même, à côté de ce réduit !

Un lit de sangles. Même à l'armée, ces lits sont recouverts d'un matelas. Ici, il n'en était rien. Et, comme literie, une seule couverture de coton grisâtre qui devait bien valoir quinze francs et qui avait des trous.

Je n'exagère pas. Je ne pousse pas au noir par un goût morbide du sinistre. J'ai rarement connu ambiance plus pénible.

Au fond, un broc émaillé, qui devait contenir de l'eau. Sur une chaise de paille, une assiette avec un morceau de pain et un reste de hareng saur.

Enfin, contrastant avec le tout, une femme! Une femme magnifique, en plein épanouissement! Elle pouvait avoir entre trente-cinq et quarante ans. Mais elle n'était pas encore ternie par l'âge. Elle n'avait aucun des stigmates de la maturité commençante. Aucun signe de déclin! Au contraire!

Une chair vigoureuse, vivante, encore que sans abondance. Une peau dorée. Des cheveux d'un roux ardent et ce teint éclatant des rousses. Des yeux qui semblaient remuer des paillettes d'or fauve.

Elle était là, au bord du lit, un peu repliée sur elle-même. Et elle n'avait sur le corps qu'une robe de soie dont l'ancienne splendeur jurait avec le décor.

Ce fut sur un ton raffiné d'un homme du monde que G. 7 nous présenta l'un à l'autre.

— Madame Morineau...

Et, ce qui me séduisit le plus en elle, ce fut le cerne de ses paupières, d'un bistre qui lui donnait une auréole de douleur et de mystère.

— Vous ne préférez pas que nous allions dans le salon, monsieur Morineau?...

Celui-ci ne répondit pas, ne bougea pas.

— Parfait... Restons donc ici... Madame a d'ailleurs eu le temps de s'accoutumer à l'inconfort de cette pièce.

Et, tourné vers moi autant que vers l'armateur, il reprit :

— Ce qui m'a le plus frappé, dans cette affaire, c'est précisément d'être appelé à m'en occuper... Car nous ne sommes ni en Angleterre, ni aux États-Unis, où il est courant, quotidien, naturel, qu'un citoyen quelconque fasse appel à des détectives privés. C'est là-bas une profession aussi normale que celle d'expert-comptable ou d'architecte. Vous me permettez de fumer, madame?...

Il alluma une cigarette. Il la vit qui regardait son étui avec une sorte de vertige, et il le lui tendit.

Alors, tandis qu'elle aspirait avidement la fumée, il continua :

— En France, quand on s'adresse à une agence de recherches, c'est qu'il s'agit d'une affaire dont la police officielle n'a pas à s'occuper... Filature d'une dame que son mari soupçonne, ou d'un mari en qui la femme n'a pas confiance... Recherches de bijoux volés par un domestique qu'on ne tient pas à livrer à la Justice... Ou encore affaires délicates de succession...

« Or, nous sommes à Fécamp... Petite ville ultraprovinciale, où jamais un détective privé n'a mis les pieds... M. Morineau est l'échantillon le plus pur de la bourgeoisie du cru... Pourtant, quand il m'appelle, la police officielle est déjà en branle et son enquête est fort avancée.

« Remarquez enfin qu'il ne s'adresse pas à une des trois ou quatre agences de Paris connues depuis longtemps et dont on trouve l'adresse en sixième page de tous les quotidiens...

« Il choisit une nouvelle maison, un détective qui vient à peine de s'établir...

« Et il s'agit d'un homme connu dans tout le pays pour son avarice !... La police travaille gratuitement pour lui, met à sa disposition l'appareil le plus perfectionné qui soit... N'empêche qu'il sacrifie vingt-cinq mille francs pour avoir sur les lieux un quidam dont il ne sait rien, sinon qu'il est jeune et peut-être inexpérimenté...

« Voilà la base de mon enquête...

Et, se tournant vers moi :

— Tu ne veux pas ouvrir la fenêtre de la chambre voisine ? On manque d'air, ici...

Je vois encore l'armateur, une épaule contre

le mur, observant G. 7 de ses yeux bilieux, avec l'air d'être prêt à faire un mauvais coup.

— J'arrive ! Maison bourgeoise ! Non pas dans l'acception quiète et, si je puis dire, réconfortante du mot, mais dans son acception la plus vilaine... Des pièces sans air, sans lumière... Du mystère dès la porte d'entrée... On semble me dire que je ne trouverai rien et je sens nettement qu'on espère bien que je ne ferai pas la moindre découverte... Alors, je me demande pourquoi on m'a appelé... Je réfléchis... La police officielle n'a pas l'habitude de mettre les gens, même les victimes pour qui elle travaille, au courant de ses démarches et de ses découvertes... Par contre, un détective privé qui a appartenu à la Police Judiciaire peut se faire communiquer, au jour le jour, les résultats de l'enquête en cours...

« Seconde vérité à peu près établie : *Je ne suis là que pour tenir M. Morineau au courant des travaux du commissaire Lucas.*

« Reste à connaître le pourquoi de cet état de choses et à reconstituer les événements.

« La maison, en apparence, est calme et sévère. M. Morineau est riche. Il a des enfants.

« Je m'informe, et les premiers résultats que j'obtiens sont troublants. La façade reste digne et confortable. Mais c'est Mlle Morineau elle-même qui fait le marché... Le fils Morineau qui travaille dans une banque comme un simple employé...

« Et pas de Mme Morineau... Elle est partie, jadis... On ne prononce plus son nom...

« Le mystère est peut-être ailleurs. Le commissaire Lucas cherche à bord et autour de la *Marie-Galante*...

« Moi, c'est ici que je voudrais chercher, dans cette maison où on ne laisse même pas pénétrer la lumière du soleil.

« On ne me paie pas pour cela ! Je comprends, qu'on ne me permettra même pas de mettre les pieds dans l'appartement, et que mes questions resteront sans réponse ou n'auront que des réponses mensongères.

« C'est pourquoi je suis enrhumé. Je garde la chambre. On a fait venir un détective privé et voilà ce détective qui est invisible, qui ne rend pas les services qu'on attendait de lui !...

« Premier résultat : *la visite du petit Philippe*...

« Deuxième résultat, celui-là même que je visais : *M. Morineau s'inquiète, s'énerve, vient me voir à l'*Hôtel du Chemin de Fer*, où il est rassuré en trouvant un détective en pyjama, foulard au cou, secoué par des quintes de toux...*

« Il ne reste qu'à pénétrer dans la place sans être dérangé... Bien entendu, j'outrepasse mes droits... Bien entendu, monsieur Morineau, vous avez le loisir de me poursuivre en justice pour m'être introduit ici par ruse... Lorsque j'appartenais à la police officielle, je n'aurais pas pu me permettre cette infraction aux règles les plus strictes de la profession, et il m'aurait fallu un mandat de perquisition signé par un magistrat.

« Mais, en m'appelant, ne m'avez-vous pas demandé de découvrir la vérité ?

« Tant pis pour vous si je la découvre !... Je mens à vos employés qui me laissent pénétrer dans le mystère de votre appartement... Je mens à votre fille qui, à l'heure qu'il est, vous attend avec inquiétude à la gare...

« Me voilà seul dans la place... Rien au salon. Rien dans la salle à manger, dont les persiennes, le soir, restent ouvertes, permettant aux passants de constater que la maison est honnête et qu'on y joue du piano en chantant des romances.

« Mais il y a la chambre à coucher... Il y a une porte fermée, la porte d'un cabinet de toilette dont on a pris soin d'emporter la clef...

« Un fil de fer tordu suffit... Derrière la porte, une femme...

« Je ne suis pas devin... Dans un roman policier, l'auteur m'aurait sans doute fait reconstituer l'énigme de la *Marie-Galante* à coups de raisonnements basés sur les seuls éléments que je possédais...

« Dans la pratique de la profession, le problème n'est pas aussi compliqué... *Savoir où se trouve la vérité et aller l'y chercher...*

« Eh bien ! j'ai senti que la vérité était ici et je suis venu l'y prendre...

« J'ai trouvé Madame, qui a bien été forcée de parler, Mme Morineau qui n'est pas morte à Brême, comme vous avez bien voulu me le déclarer tout à l'heure...

L'armateur parla. Ou plutôt il grommela des syllabes qui devaient constituer le mot :

— *Combien ?...*

— Pour avoir découvert la vérité ou pour me taire?... Nous en parlerons tout à l'heure... Pour l'instant, je fais mon métier... Vous avez demandé à G. 7 de s'occuper de l'affaire... Il s'en est occupé... Il vous donne maintenant les résultats de son enquête, sans s'inquiéter de savoir si vous la connaissiez avant lui...

« Je suis un homme consciencieux, monsieur Morineau... Ma conversation avec Madame n'a pas eu besoin d'être longue, et par le fait vous n'avez pas été enfermé trop longtemps dans ma chambre...

« J'abrège... Style télégraphique... Il y a vingt et un ans, la maison Morineau Fils n'est pas plus solide que ça, en dépit de sa façade en pierre de France. Deux bateaux coulés coup sur coup et que l'assurance n'a pas voulu payer, car toutes les précautions de sécurité n'ont pas été prises... Des hommes perdus en mer et des pensions à verser à leurs femmes...

« Il faut de l'argent frais pour boucher les trous... Une jeune fille est à marier, qui a de la fortune, mais n'a que seize ans... Elle a une dot importante, plus importante que l'actif de la maison...

« Elle est orpheline... Elle vit avec une vieille tante maniaque... Pour échapper à la tutelle de celle-ci, pour être enfin libre, elle accepte de devenir Mme Morineau, et c'est vous qui suggérez que l'union se fasse sous le régime de la communauté des biens...

« Cela, je le savais hier, par un coup de téléphone au notaire...

« La jeune fille — c'est encore une enfant — arrive dans la maison... Elle croit que c'est la vie heureuse qui commence...

« Mais non ! C'est la plus morne, la plus mesquine des existences... Ici, on ne parle pas joies, mais on parle bateaux et bénéfices. Elle doit faire son ménage... Elle doit compter sou par sou... Il y a un ver dans le fruit : l'avarice...

« Une avarice congénitale, qui a été la caractéristique des Morineau depuis trois ou quatre générations... Une avarice morbide... La volonté d'augmenter, coûte que coûte, le nombre de bateaux...

« Un fils... Une fille... Mais la maison n'est pas plus gaie... La jeune femme a vingt ans et elle mène la vie d'une douairière...

« Elle ne se révolte pas tout de suite... Il faut, pour cela, un événement d'un autre ordre... Elle ne connaît pas l'amour... Vous ne lui en avez donné que les images les plus piteuses...

« Un jeune homme... Une aventure... Un coup de tête...

« Elle est partie...

« Vous pourriez demander le divorce... Vous avez tous les droits... La loi est pour le mari trompé... Seulement, il y a ce sacré mariage sous le régime *de la communauté des biens*... il y a l'argent qu'elle a mis dans l'affaire, la flotte de la maison Morineau, qui serait diminuée de moitié...

« Vous préférez le ridicule... Votre femme vous écrit pour réclamer sa fortune... Vous lui envoyez des sommes dérisoires...

« Pour elle, c'est l'aventure... Elle a franchi le fossé... Son amant l'abandonne... Elle en prend un autre... Elle fait du music-hall... Elle devient ce que nous appelons une grande internationale...

« N'empêche qu'elle reste propriétaire de la moitié de la flotte Morineau... C'est ce qui vous inquiète... C'est ce qui vous empêche de dormir... La femme, peu importe!... L'argent, voilà le point névralgique...

« Elle a changé de nom... Elle va de capitale en capitale... Les années passent et vous répondez toujours avec moins de largesse à ses demandes de fonds...

« L'argent!... L'argent qu'il faut sortir des caisses!...

« Une occasion unique se présente... Un drame

à Brême... Des morts dans une garçonnière... Une femme sans papiers, dont les journaux publient la photographie aux fins d'identification... Elle ressemble vaguement à Mme Morineau... Ce n'est pas elle, mais qu'importe! La tuer légalement, même si elle vit encore!... Et vous serez tranquille désormais...

« Vous faites le voyage! *Vous la reconnaissez!* Mme Morineau est enterrée et vous voilà enfin à la tête des millions, vous tout seul...

« Un drôle de crime, non prévu par la loi! Tuer sans tuer!... Tuer officiellement un être tout en lui laissant la vie! Faire enterrer une inconnue, là-bas, en Allemagne, sous le nom de Mme Morineau qui, de son côté, court le monde sans se douter de rien...

« Elle a perdu tout contact avec la vie honnête... Elle a pénétré dans tous les milieux... Elle est mêlée à des aventures pas très propres...

« Tout cela parce qu'elle est mal partie, jadis... Parce qu'elle n'a pas trouvé le foyer qu'elle était en droit d'espérer...

« Elle fait partie de cette poignée de gens élégants qui vont de capitale en capitale, que la police surveille, mais contre qui il est rarement possible de sévir, parce qu'ils sont adroits ou que les textes du Code ne donnent pas prise sur eux...

« Escroqueries... Trafics de stupéfiants... Elle a des amants, des aventures...

« Et la voilà qui, un jour, arrive ici, blessée... Non pas dans sa chair... Une affaire a raté, à Paris... Un chantage... La victime, au lieu de se laisser dépouiller, a tiré son revolver... Et l'amant de Mme Morineau a tiré dessus...

« Il est traqué, ainsi que sa maîtresse... Les frontières sont fermées... Ils vont et viennent dans le vaste filet tendu par la police...

« C'est leur tête qu'ils jouent... Pour la sauver, pour changer de continent, il faut de l'argent, beaucoup d'argent...

« Mme Morineau en a... Il y a sa dot, ses millions investis dans les pêcheries Morineau... Elle vient ici... Elle exige... Elle supplie...

« Mais Morineau se laisserait plutôt écorcher que de lâcher du bon argent... Pourtant, il a peur du scandale... Il transige... Il lésine... Il discute comme un maquignon...

« De l'argent, il n'en a pas... Non ! Avec toute la bonne volonté du monde, il ne peut en donner... Seulement, il y a un vieux bateau dans le bassin, un bateau qui pourrit depuis trois ans, qui n'a plus aucune valeur...

« Que les fuyards prennent ce bateau... Qu'ils s'en aillent... C'est tout ce qu'il peut faire pour eux... Et encore est-il généreux !...

« En attendant, Mme Morineau se cachera dans le cabinet de toilette de son mari... L'amant, lui, avec quelques subsides, remettra la goélette en état... On lui paie les pièces de rechange, les fûts de gasoil...

« Qu'ils s'en aillent!... Qu'ils débarquent en Angleterre ou ailleurs, mais que, pour l'amour de Dieu, on n'entende plus parler d'eux!...

« Il ne faut pas qu'on sache que Mme Morineau n'est pas morte! Il ne faut pas surtout qu'elle puisse légalement réclamer la moitié de la fortune!...

« Et voilà tous les soirs l'amant qui travaille à réparer le moteur... La *Marie-Galante* sera bientôt en état de prendre la mer...

« Est-ce souhaitable?... Est-ce que tout ne sera pas un jour à recommencer?... Est-ce que Mme Morineau, sauvée de la police, ne réclamera pas à nouveau des fonds?...

« En liberté, n'est-elle pas une menace perpétuelle pour la fortune des Morineau?...

« Dans le cabinet de toilette, au contraire, elle ne réclame rien. Un peu de nourriture tous les jours... C'est tout!... Et elle ne peut communiquer avec personne!...

« Morineau en est malade!... Malade à l'idée que ce serait si beau de n'avoir plus cette menace suspendue au-dessus de sa tête.

« Seulement, l'amant est dans le port... Il réclame sa compagne...

G. 7 se tut. J'entends encore le bruit métallique de son étui à cigarettes qu'il ouvrit en pressant le ressort.

— Une cigarette, madame ?

Elle en prit une, avidement, l'alluma à celle qui n'était plus qu'un rouleau de tabac d'un centimètre.

— Voilà tout le problème : le bateau est dans le port, prêt à partir... L'homme qui s'y trouve est traqué par la police... Mme Morineau est dans ce cabinet... S'ils partent, ce seront de nouvelles demandes d'argent... Si l'homme ne part pas, il protestera, exigera sa maîtresse...

« Et déjà la maison est moins solide. Les affaires ne sont pas brillantes. Plusieurs navires ont été désarmés...

« Donner encore des capitaux ?... Jamais ! La maison Morineau est une chose sacrée, intangible, à laquelle il faut tout sacrifier...

« Il échafaude les unes après les autres des combinaisons impossibles... Si seulement l'amant mourait !... Il ne resterait plus que la femme, enfermée dans le cabinet de toilette...

« Mais l'amant est bien portant...

La voix de G. 7 devint mordante :

— Il y a un dieu pour les canailles ! gronda-t-il. N'est-ce pas, Morineau ?... Un dieu ou un diable... Il questionne sa femme... Il apprend, bribe par bribe, que l'amant a une ancienne maîtresse à Paris ; que cette maîtresse est jalouse, qu'elle veut se venger...

« Alors, c'est lui qui la fait venir à Fécamp, qui lui révèle le refuge de l'homme...

« Et il est là quand elle le supplie de reprendre la vie commune, quand elle le menace s'il l'abandonne à jamais de le dénoncer...

« Il est caché... Il attend... La femme, qui est armée, ne tire pas, comme il l'a espéré... Non ! c'est l'amant qui, affolé, acculé, l'étrangle...

« Un geste de folie... Un geste d'homme que guette la guillotine... Et qui s'enfuit, après, sans espoir de retour...

« Est-ce vrai, Morineau ?... Est-ce vrai que vous êtes resté seul avec ce cadavre que vous ne connaissiez pas ?... Et qu'alors, effrayé à votre tour, vous avez dessoudé le réservoir ?

« Mais ce n'était pas assez... Vous êtes un homme de précautions... Vous êtes un peureux et, comme tous les peureux, vous raffinez, vous cherchez des complications inutiles...

« Ce cadavre dans le réservoir est une menace permanente... Un ouvrier peut le découvrir... Le bateau est prêt... Vous le mettez en marche... Vous connaissez le port mieux que quiconque... Vous franchissez l'écluse...

« Et, mettant la barre droite, vous sautez sur la jetée, vous laissez la *Marie-Galante* partir toute seule avec un cadavre à bord...

« Elle ira se briser quelque part sur les rochers, ou bien elle s'arrêtera faute d'huile...

« Il n'y a qu'un homme qu'on ne soupçonnera pas : son propriétaire...

Un silence compact. Et la voix de mon ami, joyeuse :

— Je crois que nous avions parlé de vingt-cinq mille francs pour la découverte de la vérité... Plus, évidemment, la liberté de Madame... Vous n'avez pas tué... Vous n'avez pas volé dans le sens propre du mot... Mon simple devoir de citoyen n'est donc pas de vous dénoncer...

\*

Je l'ai vu, dans le bureau du rez-de-chaussée, compter soigneusement les vingt-cinq billets, puis accompagner à la gare Mme Morineau, qui avait un billet de seconde classe pour Paris où G. 7 lui avait promis de la protéger.

Et, quand nous avons été seuls dans la rue, il a soupiré :

— Voilà bien ma veine !... Ma première affaire en tant que détective privé !... Or, c'est en réussissant que j'ai mécontenté mon client !... Comme publicité... !

— Allons boire quelque chose ! dis-je avec une moue.

En effet, j'en étais malade. Je commandai une fine à l'eau — beaucoup de fine et très peu d'eau — et G. 7, qui me regardait avec un drôle de sourire, conclut :

— Une histoire que tu n'aurais pas inventée, hein !... Tout simplement parce que les romanciers cherchent leurs sujets dans les milieux spéciaux... Quand tu voudras un beau drame, avise une maison bien bourgeoise, à la façade aussi honorable que possible... Entre là-dedans... C'est en vain que tu essayeras de trouver mieux que la réalité !

*Morsang, juin 1930.*

# COLLECTION FOLIO 2€

*Dernières parutions*

*Photocomposition CMB Graphic*
*44800 Saint-Herblain*
*Impression Novoprint*
*à Barcelone, le 10 juin 2013*
*Dépôt légal : juin 2013*
*Premier dépôt légal dans la collection : avril 2003*

ISBN 978-2-07-042869-4./Imprimé en Espagne.

**255158**